AF383907

LE COMBAT DE PARIS

ET DE LVCIDOR.

A MADAME LA PRINCESSE DE CONTY.

M. DC. XIII.

A MADAME
LA
PRINCESSE
DE CONTY.

B E A V X yeux, qui respandez plus d'heur & de
   martire,
  Que ne faict le soleil de feux & de clartez,
  De qui les doux regards tiennêt des volôtez
  Le Sceptre glorieux & l'eternel Empire.

Esprit, glace diuine, ou la vertu se mire
  Et voit ses plus beaux traicts au vif representez,
  Tresor ample & fœcond en rares qualitez,
  De l'aureille & des cœurs agreable Zephyre.

Merueille de nos iours, des Muses le support,
  Princesse, astre propice, & l'estoil du Nort,
  Qui luis aux beaux esprits, hauts clairons de la gloire,

Guide ma nef tremblante, & ces ardens courriers,
  Qui s'en vont appendans les superbes lauriers
  De ton frere Paris au temple de memoire.

BORDIER.

LE
COMBAT
DE PARIS
ET
DE LVCIDOR.

ARIS, *l'honneur de l'Oc-*
cident,
Que Mars qu'il eut pour
ascendant,
Fit naistre des cendres aymees
D'vn Phœnix, Prince esgal aux
Dieux,
Rejetton du Roy glorieux,
Vainqueur des terres Idumees.
Poussé d'vn vif ressentiment
Ayant faict passer vaillamment

A ij

Au fil d'une iuste cholere,
Celuy-là qui s'estoit vanté
D'auoir peu (c'ere vanité)
Empescher la mort de son Pere.
Lucidor, jeune & mal'heureux,
Outré du recit douloureux
De si veritables nouuelles,
Maudit l'air, la terre & les Cieux,
Vange sur sa face & ses yeux
De son cœur les playes mortelles.
Ses maux luy font un tel effort,
Et de tant de signes de mort
Sa douleur extréme est suyuie,
Qu'elle semble auoir à la fin
Arraché des mains du destin
Les derniers fuseaux de sa vie.
Son teinct est la mesme palleur,
Son corps sans force & sans chaleur
Deuient une lourde matiere ?
Et d'ennuis un fertile enfer
Arrouse d'un sommeil de fer
Sa noire & mourante paupiere.

Bref Lucidor ainſi perclus
De ſens, de mouuement, n'eſt plus
Qu'vn tronc abbatu du tonnerre,
Et qu'vn champ de bataille clos
De toutes parts de chair & dos,
Ou l'ame & le dueil font la guerre.

Mais le dueil d'vn puiſſant effort
Rend ceſte pauure ame à l'abord
De tant de fleſches entamee,
Que contre telle cruauté
Bien luy ſert l'immortalité
Dont les puiſſans Dieux l'ont armee.

Voyant donc ce cruel archer
Qu'il taſche en vain de l'arracher
De l'eſpace eſtroict qui l'enſerre:
Comme s'il décochoit ſes traicts
Sur vn Zephyre, ou ſur les rais
Qu'eſpand le Soleil ſur la terre.

Auec l'ame il fait tréue alors,
Pour mieux perſecuter le corps,
Qui luy ſert de mortelles chaiſnes:
Et faict à coup reuiure encor'

A iij

Ceſte moitié de Lucidor,
  A force de feux & de gehennes.
Enfin quand ſon cœur furieux
  Eut rendu ſa bouche & ſes yeux
  En plaincte et en larmes fertiles,
  Et faict long temps de tous coſtez
  A ſes maux (ſourdes deïtez,
  Maintes offrandes inutiles.
Ne luy reſtant que la valeur,
  Qui peuſt conſoler ſa douleur,
  Et qui faict ſeulle qu'il eſpere,
  Pour ſe rendre à iamais cognu
  De voir ſur luy l'eſpee à nud,
  Qui s'eſt teinte au ſang de ſon pere.
Errant & les iours & les nuicts
  Il faict deuorer ſes ennuis
  A ceſte ſuperbe eſperance,
  Se repaiſſant du vain orgueil
  Qu'il orneroit d'un beau cercueil
  Ce grand Theatre de la France.
Ses yeux, ſes pas auanturiers
  Sans fin menacent les lauriers

Du front funeste à sa memoire:
Mais pour redoubler son ennuy,
Il n'oit, ny ne voit rien de luy
Qu'en passant les bruits de sa gloire.

Tandis, & l'honneur de ce temps,
Et l'effroy des noueaux Titans,
Et l'amour des braues courages,
Paris, que le Turc estonné
Obserue, & le croit destiné
Pour renoueller ses orages.

Paris, de qui les yeux brillans
Et les faicts font croire aux vaillans
Qu'il est de Mars la vraye image?
Et que les beautez à leur tour
Prendroient aussi pour vn amour
S'il estoit aueugle & volage.

Fuyant, non la mort ny les coups,
Mais l'influence du courroux
D'vn glorieux & puissant Astre
Qui luit à l'empire Gaulois,
Aux champs, aux rochers, & aux
bois,

Comptoit son heur & son desastre.
Cet Astre en clartez nom-pareil,
    Cher autheur d'vn noueau Soleil,
    Qui n'a de manque que le tiltre
    D'vn Dieu, n'a besoin que d'autels,
    Que la fortune des mortels
    Regarde seul pour son arbitre.
Cet Astre au plus haut Ciel planté,
    Regardoit d'vn œil despité
    Paris, & ses sanglantes armes,
    Et opposant au iour plus doux
    Le voile espais de son courroux,
    Rendoit l'air tout remply d'allarmes
Quand Paris haussant l'œil au Ciel
    Voit lors cet Astre plain de fiel
    Changer en foudre tous ses charmes,
    Et l'Astre irrité voit aussi
    Les yeux de Paris tout transi
    Se changer en torrens de larmes.
Mais ces pleurs, (inutiles eaux)
    De son cœur les premiers ruisseaux,
    Dont ses yeux estoient la fontaine,
                        Ne pouuans

Ne pouuans monter ny ialir,
Tomboient auſſi ſans amolir
Vne vangeance ſi hautaine.
La douleur mere de ces flots
Enfanta ſoudain des ſanglots
Tous emplumez d'aiſles legeres ;
Et par la rigueur du deſtin
Ces puiſnez ſe trouuoient en fin
Auſſi mal'heureux que leurs freres.
Ces puiſſans charmes de pitié
Aigriſſoient encor de moytié
Ceſte lumiere courrouſſee,
Tant le reſpect des cheres loix
De ſon grand Iuppiter Gaulois
Viuoit profond en ſa penſée.
Elle laiſſe à part ces regrets,
Ces pleurs, ſouſpirs, tourmẽts ſecrets
Ce grand cœur, ce bras redoutable,
Ces beaux yeux en terre cheris,
Et bref ne regarde Paris
Que du coſté qu'il eſt coulpable.
Paris voyant donc tant de pleurs

Arrouſer ſeullement les fleurs
Qui croiſſoiët ſoubs des eaux ſi belles
Et tant de ſouſpirs eſpandus
N'eſtre que des enfans perdus,
Maudits, ou du tout infideles.
Voyant que ià de toutes parts
D'eſclairs parmy le Ciel eſpars
Vne ardente & viue traiſnee
Entrecouppant l'air nebuleux
Rendoit ſon eſpoir frauduleux,
Et ſa peine determinee.
Comblé d'ennuis & de douleur,
Portant le deſeſpoir au cœur,
La mort en ſon viſage peinte
Et abbatu tout a la fois,
Il fit à ſa dolente voix
Prononcer en fin cette plainčte.
Puis que par la rigueur des loix
La gloire eſt aux derniers abois,
Puis qu'il faut aux braues courages
Mourir de ſupplice ou d'ennuy,
Et puis que l'eſpee auiourdhuy

N'est plus arbitre des outrages.
Puis que le destin ne veut pas
Que ie tombe aux pieds du trespas
Du fer glorieuse victime:
Quittons mon ame sans douleur
Ce Siecle ingrat à la valeur,
Qui la repute pour vn crime.

Et toy grand Astre radieux,
Lumiere eclipsee à mes yeux,
Puis que mon bras ta desseruie
Lors que mon honneur la poussé,
Esteincts de ton foudre eslancé
Les tristes restes de ma vie.

Aussi bien tes diuins regards,
Pour moy seul des enfans de Mars
Changez en lumieres funebres,
Me font tant de morts esprouuer,
Que mes yeux ne peuuent trouuer
Au trespas de pires tenebres.

La nuë, (celeste bandeau,)
Ouurit alors vn noir rideau,
Comme quand l'aurore s'esueille,

Et se fendant par le milieu,
Poussa dehors vn demy-Dieu
Luysant de splendeur nom pareille.
Arreste! ô jeune Mars Gaulois,
Les tristes accens de ta voix
Ont touché la celeste bande:
Retourne viste sur tes pas,
Pour l'effect que tu ne sçay pas,
Le sort, dict-il, te le commande.
Il n'auoit dict, qu'il disparut:
Paris, qui de l'œil le courut
Le vid au plus haut de la nuë
Pres ce grand Astre souuerain,
A qui deuenu plus serain
Il sembloit parler teste nuë.
Il retourne donc nuict & iour:
Lucidor apprend son retour,
Que d'vne lettre il accompagne,
Asseuré que sur vn coursier
Paris d'vne plume d'acier
Y respondroit à la campagne.
Pauure Lucidor que fais-tu?

La douleur t'ayant combattu
Croy tu vaincre la valeur mefme?
Et rendre vn Cefar obfcurcy
Sur la terre, & cryant mercy
A ton pere au riuage blefme ?
Mais las ! peux-tu moins attenter,
Si pour ta vangeance irriter,
Et l'empefcher d'eftre friuole,
Tu vois, nuict & iour, en tous lieux
Se reprefenter à tes yeux
L'obiect de fa plaintiue idole ?
Encor, veu fes accens plaintifs
Tes bras femblent affez retifs
En vne injure fi profonde,
Qui leur reproche à chaque pas,
Que l'autheur d'vn fi dur trefpas
Toy viuant regne encor au monde.
Pourrois-tu bien, failly de cœur,
Reuoir de fang froid fon vainqueur?
Et mefprifant en cefte forte
Sa mort, la honte, & ton honneur,
Faire reuiure la douleur

B iij

En son corps où la vie est morte?
Non non, toute l'Antiquité
N'a point comme toy regretté
Si tendrement semblable perte,
N'y comme toy pour se vanger
Si peu redouté le danger
De la voye au combat ouuerte.
Le ressentiment qui te suit
Dedans la menace & le bruict
N'a point sa force dissipee:
Et ton dueil, qui vit sans pareil
N'est entré iamais en Conseil
Qu'auec ton bras & ton espee.
Doncques, Lucidor furieux,
A Paris né du sang des Dieux,
Côme vn Mars redoutable en terre,
Qui loge en cet auguste Hostel
De qui le los est immortel,
Faict porter vn Cartel de guerre.
Il estoit au champ du conflict,
Et Paris dormoit en son lict,
Quand Polemon prompt et fidele

Le fut d'vn appel chatoüillant,
Et tous ses membres resueillant
Au bruict de si chere nouuelle.
Par ses temeraires propos
Polemon trouble son repos,
Mais ce qu'il à creu luy succede,
Car il voit Paris les gouster
Trop mieux, que ne faict Iuppiter
Les mets que luy sert Ganymede.
Pour luy respondre sur ce poinct
Sa valeur ne consulte point
Auec sa qualité de Prince:
Ains liure a ce duel priué
Paris, que l'autre eust reserué
Pour le besoin de sa prouince.
Et comme l'œil pere du iour,
Apres auoir faict ce grand tour
Que si souuent il renouuelle,
Au sein de Thetys deualé,
Remonte en son trosne estoilé
Lors que l'Aurore le rappelle.
Ainsi ce Soleil des guerriers,

Qui luit couronné de lauriers,
Polemon si tost n'enuisage,
Qu'il sort de son lict ennuieux,
A fin de s'esleuer aux Cieux
Sur les aisles de son courage.
Affin de monter de plain saut
Dessus ce superbe eschaffaut,
Où par le dueil l'ame enhardye
D'vn braue orfelin le semond,
Pour y ioüer l'acte second
D'vne piteuse Tragedye.
Polemon monstre son pouuoir,
Paris qui le prend sans le voir
Pour dehors sans de lay parestre,
Se faict habiller à l'instant
Par celuy qui va l'inuitant
Aux funerailles de son Maistre:
Lüy second il suit à cheual
Ce confident de son riual,
Bat aux champs sans se döner garde,
N'y craindre d'estre preuenu,
Et soubs la foy d'vn incogneu

Ce ieune

Ce ieune Prince se haʒarde.
Pourtant par vn heureux destin
Ce cœur franc ne trouue en chemin
Aucune embusche qui l'assaille,
Et Polemon incontinant
Le va sans fraude consignant
Du lict dans le champ de bataille.
Soudain les parrains conuenus
Separement mettent tout nuds
Ces deux ornemens de l'histoire,
A fin qu'au milieu des haʒars
Ils soyent dedans ce champ de Mars
Baptiseʒ de sang & de gloire.
Tous deux aux coups tendent le flanc,
De tous deux le courage franc
Qui semble conjurer leur perte
Et les menacer du tombeau,
A peine consent, que leur peau
D'vne c.emise soit couuerte.
Mais l'vn quitte son vestement,
Pour l enrichir en vn moment
D'vne clarté non coustumiere:
L'autre est despoüillé desormais,

C

Pour ne se reuestir iamais
    Que d'vn l'inceul & d'vne biere.
Ce chasteau fier & glorieux,
    De qui le regard furieux
    Menace et la campagne & londe
    Et sert de bride et seureté
    A ceste puissante Cité,
    Qui seule contient tout vn monde.
Regorgeant de ioye d'orgueil
    Que Paris, comme son fillueil
    Se montre à luy en ceste guise,
    N'est moins estonné, ny transsy,
    De le voir comme Prince aussy
    Seul à la campagne en chemise.
Parmy les projects furieux
    De ces atlettes glorieux
    Nulle trauerse ne se iette :
    Et leurs cœurs de gloire enflammez,
    N'ont point afin d'estre animez,
    Que leur courage pour trompette.
Paris, qui comme ses ayeux
    Desdagne vn trespas ocieux :
    Et qui pour meriter leur grade
    Doit vn iour apres maints efforts,

De boucliers, de sang & de corps
S'esleuer vn lict de parade.
Lucidor, qui pour s'esprouuer
Auecques luy, pense trouuer
De ses maux l'entiere allegeance,
Qui conjure ardemment le sort,
Et qui du mespris de la mort
Arme son desir de vangeance.
Chacun deux, se voyans de loin
S'esbranle au pas l'espee au poin,
Tous, deux se rencontrans en teste
Iettent la flamme à gros boüillons,
Leurs cheuaux sont des tourbillons,
Leurs bras, le foudre & la tempeste.
Ils ne font que charger, virer,
Esquiuer, donner, et parer,
Sans leur addresse militaire
Tous leurs coups seroyent des trespas,
La terre tremble soubs leurs pas,
Et de leur conflict l'air esclaire.
Leurs bras ne cessent de tonner,
Lucidor à l'heur de donner
A Paris l'attainte premiere,

C ij

Et Paris ſanglant au retour
Choiſit , entame , & perce à iour
Lucidor deuant & derriere.
Ces playes ne ſont que fleurons ,
Que roſes , que coups deſperons ,
Dont leur courage ſe reſueille ,
Et plus de leur ſang coulle en bas ,
Tant plus l'ardeur de leurs combats
S'accroiſt de cette huile vermeille.
De leur ſang ces deux ennemys
Signent vn nouueau Compromis
De hayne & vangeance eternelle ,
Leurs cœurs s'animent , leur eſprit
Par les playes du corps s'aigrit ,
Et leur combat ſe renouuelle.
Lors ils ne vont plus meſnageant
Leur peau dans le poupre nageant ,
La charge entre eux ſe rẽd plus forte.
Et lors leurs cheuaux rapprochez
Ainſi que vaiſſeaux accrochez
Ne ſe quittent en nulle ſorte.
Leur chãp reſſemble vn grand baſſin ,
Ou pour fontaines à deſſein
L'on à planté deux corps d'iuoire ,

Mais c'est vn baſſin plain de ſang,
Que iette & le ventre & le flanc
De ces deux fontaines de gloire.
Le ſort les voyant trop ſouffrir,
Sembloit en fin vouloir couurir
Leurs yeux d'vne nuict toute noire,
Couronner leurs fronts de Cyprés,
Et tous deux ſe voyoient plus prés
De la mort que de la victoire.
Quand Paris preſque forcenant
De voir, que ſa dextre tonnant
N'euſt point n'y l'heur, ny la puiſſãce
De rendre à ſes pieds abbatu
Cet ardent riual de vertu,
Mais ſon ineſgal de naiſſance.
Redoublant l'ardeur de ſes feux,
Et renforceant ſon bras nerueux,
Le deſpit, de honte, & de rage,
Luy porte vn ſi grand coup alors,
Qu'il reſte vainqueur de ſon corps
Sans auoir vaincu ſon courage.
Ce coup qui le va maiſtriſant,
Et ſon bras de force eſpuiſant,

De son cheual le boulleuerse,
Ainsi qu'vn Aquilon puissant
Ialoux d'vn pin se roidissant,
En fin l'esclatte & le renuerse.
Paris, qui voit tout enflammé,
Vn baron auoit allumé,
L'ire d'vn Prince à son dommage,
Et Lucidor hors de cheual
A ses pieds, ainsi qu'vn vassal
Luy rendre vn glorieux hommage.
Luy, d'vn rude ennemy vainqueur,
Et deliuré de sa rancœur,
Auroit l'ame d'aise rauye,
S'il voyoit son bras indomté
Auoir à Lucidor osté
La resistance, & non la vie.
Luy, qui voit son corps estendu
S'estre de luy-mesme perdu
Par trop de courage et de flamme
Qui le vont priuant de clarté,
Par vn excés de pieté
Prend soin du salut de son ame.
Luy, qui né tout braue et clement,
S'arme de fiel, tant seullement

Sur le poinct, qu'vn Cezar en guerre
Se va contre luy rebellant,
Ne peut que d'vn œil ruissellant
Reuoir tant de valeur par terre.
Luy, qui sans craincte a veu pleuuoir
Mille perils, tremble de voir
De son bras les effets tragiques :
Et qu'vn noir moment, pour iamais
Ait peu chāger tant de hauts faicts
En si pitoiables relicques.
Ses yeux sur Lucidor collez,
Rendans ses esprits desolez
Le laissent tellement abbatre,
Qu'à voir ce vainqueur si plainctif,
Le mort sembloit blesser le vif,
Et par la pitié le combattre.
Mars, qui ne vid onc ses autelz
Fumer de sacrifices telz,
Trauersant les celestes routes
Vint serrer en deux vases d'or
De Paris & de Lucidor (gouttes.
Tout le sang iusqu'aux moindres
Et tandis qu'en son char volant,
La renommee aussi voulant

Rendre ce combat memorable,
Depeschoit ces esprits ardens
Les bruits courriers des accidens,
Par toute la terre habitable.
Ce Dieu tenant lors embraßé.
Paris en cinq endroits bleßé,
Luy dit, sans autrement s'estendre,
Va receuoir mon cher tresor
Les Ioies de ton frere Hector
Et les pleurs de ta sœur Caßandre.
Tes plaie verront deux Soleils
Benir leurs premiers appareils,
Et bien tost ta valeur loyalle
Rendra ce bras, sanglant et nud,
Couuert, brillant, et soustenu
D'vne grāde escharpe Royalle.
Mars n'auoit acheué,
Que Paris se voit enleué
De son cheual tout hors d'aleine,
Par la gloire en vn char aiſlé,
Qui de six aigles attelé
Va roulant vers les bors de seine.